AF454931

1911 décembre 13

VENTE

Du Mercredi 13 Décembre 19

HOTEL DROUOT, SALLE N° 1

A DEUX HEURES

Collection de A. C. HOWE

TABLEAUX

BRONZES

GRAVURES DE SPORTS

COMMISSAIRE-PRISEUR

Me A. COUTURIER

Successeur de M. TUAL

EXPERTS

MM. NUNÈS & FIQUET

CATALOGUE

DES

TABLEAUX

AQUARELLES

BRONZES

GRAVURES DE SPORTS

Par

BAIL, BEAUQUESNE, BOUDIN, BRISSOT, BROWN, COROT, COURBET
COUTURE, DORÉ, DREUX, A. DE LA GANDARA
HERVIER, MANET, MICHEL, MOUCHOT, DE NITTIS, NOTERMAN
PILS, ROBBE, J. VEYRASSAT

Dont la Vente aux enchères aura lieu à Paris

HOTEL DROUOT, SALLE N° 8

LE MERCREDI 13 DÉCEMBRE 1911

à deux heures

COMMISSAIRE-PRISEUR

Me A. COUTURIER

Successeur de M. TUAL

56, rue de la Victoire

EXPERTS

MM. NUNÈS ET FIQUET

90, avenue Malakoff

PARIS

EXPOSITION PUBLIQUE

Le Mardi 12 Décembre 1911, de 1 h. 1/2 à 6 heures

CONDITIONS DE LA VENTE

Elle sera faite au comptant.

Les adjudicataires paieront *dix pour cent* en sus des enchères.

L'exposition mettant le public à même de se rendre compte de l'état et de la nature des objets, aucune réclamation ne sera admise une fois l'adjudication prononcée.

Paris. — Imp. de l'Art, CH. BERGER, 41, rue de la Victoire.

DÉSIGNATION

ALKEN

1 — *Mail coach.*

Toile. Haut., 40 cent.; larg., 55 cent.

ANONYME

2 — *Fleurs.*

Panneau. Haut., 46 cent.; larg., 39 cent.

ANONYME

3 — *Jeune Femme au chapeau.*

Pastel du XVIIIe siècle.

Haut., 40 cent.; larg., 33 cent.

ANONYME

4 — *Portrait de Jeune Femme.*

Pastel du XVIIIe siècle.

Haut , 40 cent.; larg., 43 cent.

ANONYME

5 — *Femme cousant.*

Aquarelle. Haut., 37 cent.; larg., 26 cent.

ANONYME

6 — *Paysage et Lac.*

Toile. Haut., 35 cent.; larg., 50 cent.

ANONYME

7 — *Portrait de Jeune Femme.*

Aquarelle. Haut., 56 cent.; larg., 43 cent.

ANONYME

8 — *Paysage.*

Aquarelle. Haut., 33 cent.; larg., 24 cent.

ANONYME

9 — *Marchande d'oranges.*

Aquarelle. Haut., 31 cent.; larg., 22 cent.

ANONYME

10 — *Sous bois.*

Aquarelle. Haut., 20 cent.; larg., 30 cent.

ANONYME

11 — *Le Marc de café.*

Aquarelle. Haut., 17 cent.; larg., 23 cent.

ANONYME

12 — *Paysage.*

Aquarelle. Haut., 22 cent.; larg. 50 cent.

ANONYME

13 — *Fleurs.*

Toile. Haut., 43 cent.; larg., 39 cent.

ANONYME

14 — *Paysage.*

Toile. Haut., 21 cent.; larg., 33 cent.

BAIL (JOSEPH)

15 — *Intérieur de cuisine, avec personnages.*

Toile. Haut., 47 cent.; larg., 59 cent.
Signée en bas à droite.

BALLUE (H.)

16 — *Port de Constantine.*

Toile. Haut., 28 cent.; larg., 35 cent.
Signée en bas à droite.

BALLUE (H.)

17 — *Scène arabe.*

Toile. Haut., 28 cent.; larg., 35 cent.
Signée en bas à droite.

BEAUQUESNE

18 — *Campement.*

Toile. Haut., 66 cent.; larg., 44 cent.
Signée en bas à droite.

BELLOT (A.)

19 — *L'Été.*

Toile. Haut., 87 cent.; larg., 48 cent.

Signée en bas à gauche.

BELLOT (A.)

20 — *L'Hiver.*

Toile. Haut., 87 cent.; larg., 48 cent.

Signée en bas à droite.

BERGHEM (Attribué)

21 — *Animaux se désaltérant.*

Panneau. Haut., 29 cent.; larg., 35 cent.

BERTON (E.)

22 — *Paysage.*

Toile. Haut., 79 cent.; larg., 1 m. 51 cent.

Signée en bas à droite.

BOUCHER (F.)

23 — *Jupiter et Astarté. Jardin de Fontainebleau.*

Toile. Haut., 64 cent.; larg., 78 cent.

Signée en bas à droite.

BOUDIN (Eugène)

24 — *Les Laveuses à Trouville.*

Panneau. Haut., 24 cent.; larg., 33 cent.

Signé en bas à droite.

BOUDIN (Eugène)

25 — *Sur la plage à Deauville.*

Toile. Haut., 31 cent.; larg., 51 cent.

Signée en bas à droite.

BRISROT (F.)

26 — *Moutons paissant.*

Toile. Haut., 60 cent.; larg., 84 cent.

Signée en bas à gauche.

BROWN (J.-L.)

27 — *Jument blanche.*

Toile. Haut., 38 cent.; larg., 47 cent.

Signée en bas à droite.

CAPTANO (M.)

28 — *Cavalier en vedette.*

Aquarelle. Haut., 35 cent.; larg., 21 cent..

Signée en bas à gauche.

CLATER (T.)

29 — *Enfants faisant une expérience.*

Toile. Haut., 51 cent.; larg., 61 cent.

CONDAMY

30 — *Chasse : Saut d'un mur.*

Aquarelle. Haut., 34 cent.; larg.; 25 cent.

Signée en bas à gauche.

COROT

31 — *Étude : Souvenir d'Italie.*

Toile. Haut., 38 cent.; larg., 29 cent.

COROT

32 — *Charge de cuirassiers, au Mont-Valérien, exécutée en présence de Napoléon III.*

Panneau. Haut., 25 cent.; larg., 41 cent.

COROT

33 — *Paysage.*

Dessin au crayon provenant de la *Collection de M. G.*

Haut., 28 cent.; larg., 35 cent.

Signée en bas à droite.

COURBET (Gustave)

34 — *Rochers au bord de la mer.*

Toile. Haut., 33 cent.; larg., 40 cent.

Signée en bas à droite.

COURBET (Gustave)

35 — *Sous bois.*

Toile. Haut., 24 cent.; larg., 33 cent.

COURBET (Gustave)

36 — *Cascade.*

Toile. Haut., 45 cent.; larg., 54 cent.

Signée en bas à droite.

COUTURE (T.)

37 — *Buste de Femme.*

Toile. Haut., 54 cent.; larg., 38 cent.

DAVIS (C.-L.)

38 — *Torrent.*

Aquarelle. Haut., 24 cent.; larg., 28 cent.
Signée en bas à gauche.

DECAMPS (Attribué à A.-G.)

39 — *Cavalier.*

Toile. Haut., 24 cent.; larg., 32 cent.

DECAMPS (Attribué à A.-G.)

40 — *L'Anier.*

Toile. Haut., 24 cent.; larg., 32 cent.

DELACROIX (Attribué à E.)

41 — *Barques et pêcheurs.*

Panneau. Haut., 22 cent.; larg., 29 cent.

DONAT (M.)

42 — *Barques.*

Panneau. Haut., 16 cent.; larg., 24 cent.
Signé en bas à droite.

DONAT (M.)

43 — *Paysage : Crépuscule.*

Panneau. Haut., 16 cent.; larg., 24 cent.

Signé en bas à droite.

DORÉ (G.)

44 — *Allégorie.*

Quatre panneaux.

DREUX (Alfred de)

45 — *Amazone.*

Toile. Haut., 78 cent.; larg., 64 cent.

ESTAMPES

46 — *Gravures de sport.*

Deux pièces en couleur.

FARROW

47 — *Charge de cuirassiers.*

Aquarelle. Haut., 24 cent.; larg., 35 cent.

Signée en bas à gauche.

GANDARA (A. de la)

48 — *Un Coin du Luxembourg.*

Toile. Haut., 65 cent.; larg., 80 cent.

Cadre ancien bois sculpté.
Signée en bas à droite.

GIASPPE (R.)

49 — *Antiquaire Italien.*

Aquarelle. Haut., 73 cent.; larg., 49 cent.

Signée en bas à droite.

HIMER (H.)

50 — *Marine.*

Panneau. Haut., 15 cent.; larg., 22 cent.

Signé en bas à gauche.

HERVIER (L.-V.)

51 — *Un Coin de ferme.*

Toile. Haut., 28 cent.; larg., 16 cent.

HERVIS (Ch.)

52 — *Marines.*

Aquarelle. Haut., 30 cent.; larg., 52 cent.

Deux pièces. Signées en bas.

KUWASSEG (C.)

53 — *Village au bord de l'eau.*

Toile. Haut., 60 cent.; larg., 78 cent.

Signée en bas à gauche.

MANET (E.)

54 — *Plage normande.*

Toile. Haut., 19 cent.; larg., 24 cent.

MARCHAND (A.)

55 — *Cheval.*

Panneau. Haut., 38 cent.; larg., 46 cent.
Signé en bas à gauche.

MARGUÈRE (H.)

56 — *Jeune bergère tenant un mouton.*

Toile. Haut., 90 cent.; larg., 60 cent.

MANTELEY (S.-C.)

57 — *Femme et Enfant au bord de la mer.*

Aquarelle. Haut., 45 cent.; larg., 30 cent.
Monogramme dans le bas à gauche.

MÉNARD (RENÉ)

58 — *Pâturage.*

Toile. Haut., 37 cent. 1/2; larg., 47 cent.

MICHEL (G.)

59 — *Vieux moulin.*

Toile. Haut., 33 cent.; larg., 40 cent.

MONTICELLI (ADOLPHE)

60 — *Personnages devant une pièce d'eau.*

Panneau. Haut., 25 cent.; larg., 34 cent.
Cadre ancien.

MONTZAY (F.-J.)

61 — *Intérieur de la salle du Théâtre-Français, avec personnages.*

Panneau. Haut., 33 cent.; larg., 42 cent.
Signé en haut à gauche.

MOUCHOT (Louis)

62 — *Moine lisant.*

Panneau. Haut., 36 cent.; larg., 28 cent.
Signé en bas à gauche.

MOUCHOT (Louis)

63 — *Moine prenant son café.*

Panneau. Haut., 35 cent.; larg., 25 cent.
Signé en bas à gauche.

NITTIS (Joseph de)

64 — *Avenue du bois.*

Toile. Haut., 34 cent.; larg., 43 cent.
Signée en bas à droite.

NOTERMAN (Zacharie)

65 — *Chiens saltimbanques.*

Panneau. Haut., 27 cent. 1/2; larg., 37 cent.
Signé à droite.

NOTERMAN (ZACHARIE)

66 — *Chiens surveillant leur repas.*

Panneau. Haut., 27 cent. 1/2; larg., 37 cent.
Signé à gauche.

PARRISH (EDWARDS)

67 — *Paysage représentant deux fillettes traversant une passerelle.*

Aquarelle. Haut., 35 cent.; larg., 25 cent.

PHELAN (C.-T.)

68 — *Sous bois.*

Toile. Haut., 22 cent.; larg., 18 cent.

PHELAN (C.-T.)

69 — *Rivière.*

Toile. Haut., 22 cent.; larg., 18 cent.

PILS (ISIDORE-ALEXANDRE)

70 — *Marchand turc.*

Toile. Haut., 33 cent.; larg., 22 cent.
Signée en bas à droite.

PIOTROSKI (A.)

71 — *Halte de soldats russes.*

Toile. Haut., 59 cent.; larg., 1 m. 8 cent.
Signée en bas à droite.

POITEVIN (E. Le)

72 — *Le Courgain. (Calais.)*

Toile. Haut., 16 cent.; larg., 32 cent.

PRINCETEAU

73 — *Relai de chasse.*

Panneau.Haut., 23 cent.; larg., 42 cent.

PRUD'HON (Attribué à)

74 — *Odalisques.*

Toile. Haut., 32 cent.; larg., 41 cent.

ROBBE (L.)

75 — *Vaches et moutons au repos.*

Panneau. Haut., 75 cent.; larg., 1 m. 2 cent.

Signé en bas à gauche.

ROBBE (L.)

76 — *Pâturage.*

Toile. Haut., 35 cent.; larg., 55 cent.

Signée en bas à gauche.

ROCKWELL (A.)

77 — *Lac.*

Toile. Haut , 50 cent.; larg., 90 cent.

ROSSERT (T.)

78 — *Plage normande.*

Toile. Haut., 49 cent.; larg., 85 cent.

Signée en bas à gauche.

RUBENS (École de)

79 — *Sujet biblique.*

Panneau. Haut., 23 cent.; larg., 16 cent.

RUBENS (Attribué à)

80 — *Saint Jérôme.*

Toile. Haut., 72 cent.; larg., 59 cent.

RUMIROT

81 — *Sultane.*

Aquarelle. Haut., 65 cent.; larg., 41 cent.

Signée en bas à gauche.

SAIN (D'après)

82 — *Idylle.*

Panneau. Haut., 28 cent.; larg., 21 cent.

STULL (H.)

83 — *Cheval de course.*

Toile. Haut., 49 cent.; larg., 64 cent.

Signée en bas à gauche.

S. V.

84 — *L'Amateur de tableaux.*

Aquarelle. Haut., 25 cent.; larg., 33 cent.

Signée en bas S. V. à gauche.

TENIERS (École de)

85 — *Scène villageoise : Cabaret.*

Toile. Haut., 38 cent.; larg., 71 cent.

TURNER (Attribué à)

86 — *Combat de galères.*

Panneau. Haut., 11 cent.; larg., 54 cent.

TURNER (Attribué à)

87 — *Combat de galères.*

Panneau. Haut., 11 cent.; larg., 54 cent.

VEYRASSAT (Jules)

88 — *Laboureur.*

Toile. Haut., 50 cent.; larg., 80 cent.

Signée en bas à gauche.

VEYRASSAT (J.)

89 — *Chevaux à l'abreuvoir.*

Toile. Haut., 48 cent.; larg., 60 cent.

Signée en bas à droite.

VION (Gustave)

90 — *Paysage au bord de l'eau.*

Toile. Haut., 30 cent.; larg., 50 cent.

Signée en bas à droite.

ZIMORÉ

91 — *Les Laveuses.*

Panneau. Haut., 33 cent.; larg., 47 cent.

Signé en bas à droite.

CLÉSINGER

92 — *La République.*

Bronze. Signé : *Rome 1860.*

93 — *Dieu de la fécondité.*

Bronze.

94 — *L'Histoire et la Poésie.*

Deux sujets.
Bronze.

95 — *Rhinocéros.*

Bronze.

WEDER (H.)

96 — *L'Enfant au coq.*

Bronze.

97 — *Deux Buires : Fleurs et amours.*

Bronze doré.

ALDIN (Cecil)

98 — *Sujets divers.*

Trois pièces encadrées.

ALDIN (Cecil)

99 — *Sujets divers.*

Trois pièces encadrées.

ALKEN (H.)

100 — *The Right sort.*

— *The Wrong sort.*

Deux pièces, belles épreuves encadrées.

ALKEN (H.)

101 — *The Confort and the consequences of being drove by a gentleman.*

Deux pièces encadrées.

ALKEN (H.)

102 — *Goingto cover.*

— *The leap.*

— *Full cry.*

— *The death.*

Quatre pièces encadrées.

ALKEN (H.)

103 — *Steeple chase.*

Six pièces encadrées.

ALKEN (H.)

104 — *Chasses.*
Quatre pièces encadrées.

HUNT

105 — *An exciting finish.*
— *Four in hand.*
Deux pièces, belles épreuves.

LIPSCOMBE (Guy)

106 — *Jeu de tennis.*
Quatre pièces signées. Encadrées.

POLLARD

107 — *Chasses et mails-coaches.*
Quatre pièces encadrées.

ROWLANDSON

108 — *Boxing math.*
— *Combat de coqs.*
Deux pièces encadrées.

TALLY (Ben)

109 — *Easter monday.*
Deux pièces encadrées.

110 — Sous ce numéro, il sera vendu plusieurs dessins et estampes encadrés et non catalogués.

www.ingramcontent.com/pod-product-compliance
Ingram Content Group UK Ltd.
Pitfield, Milton Keynes, MK11 3LW, UK
UKHW021045260726
13994UKWH00005B/2364

9 782329 390253